いつかの約束 1945

山本悦子 作
平澤朋子 絵

岩崎書店

目次

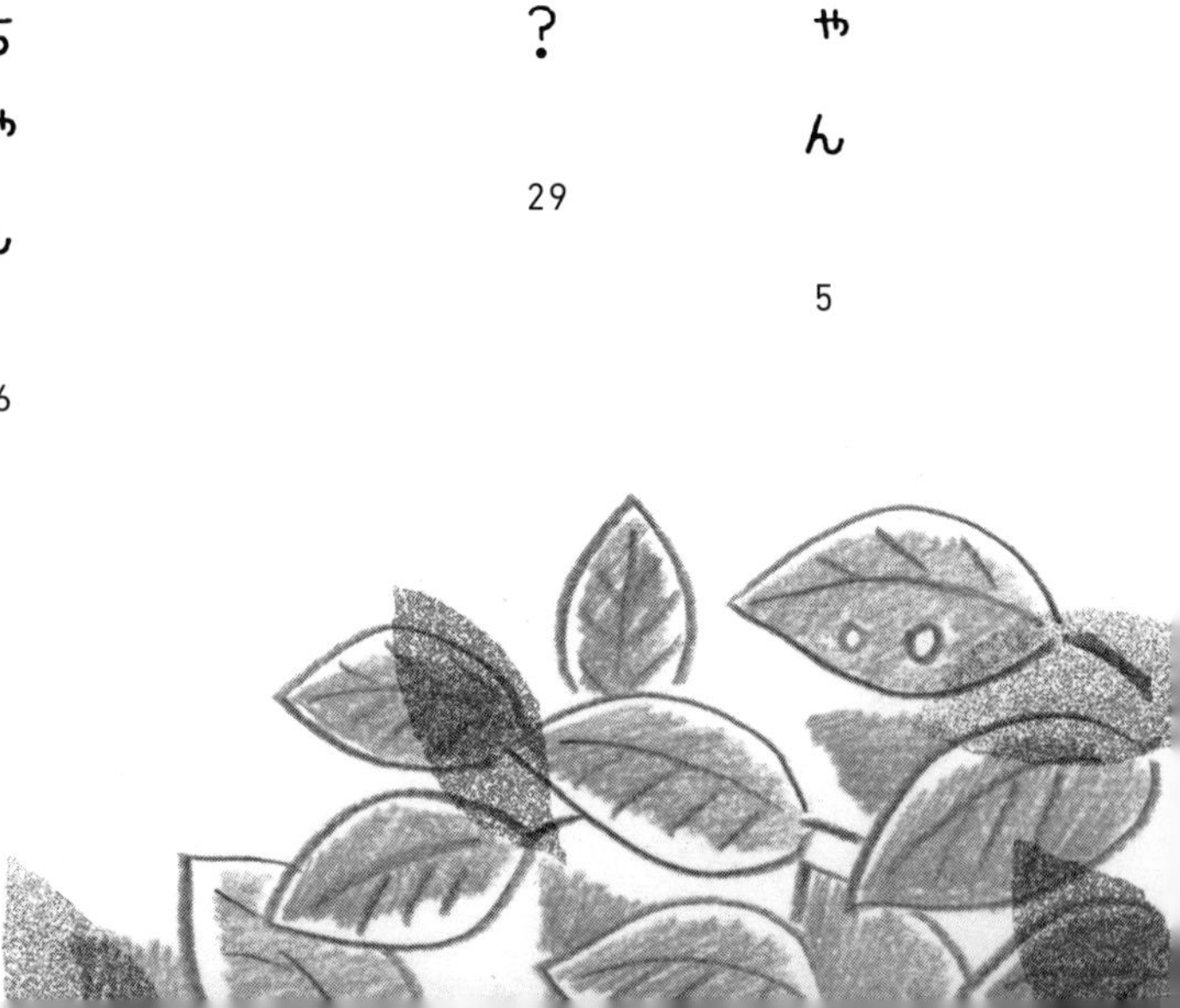

1 まいごのおばあちゃん

アスファルトに、麦《むぎ》わらぼうしをかぶったみくのかげと、野球《やきゅう》ぼうのゆきなのかげが、くっきりと落《お》ちています。

「暑《あつ》ーい」

ゆきなは、ぼうしをとって、うちわがわりにぱたぱたあおぎました。

「朝のうちに行っておけばよかったのに。そしたら、もっとすずしかったはず」

「え〜！」

市民図書館《しみんとしょかん》に行くなら、お昼ごはんを食べてからにしようといったの

は、ゆきなです。しかも、図書館《としょかん》には、
ゆきなの読書感想文用《どくしょかんそうぶんよう》の本を
えらびにいくのです。
（ゆきなちゃんのために行くのに）
みくは、ちょっとふまんです。でも、
ゆきなはそんなことはおかまいなし。
「体が、とけちゃうよぉ」
とか、いっています。
「アイスかっ」
つめたくつっこむと、ゆきなはへへへとわらいました。
時計屋《とけいや》さんの角を右におれたら、まもなく図書館《としょかん》です。

信号《しんごう》がかわるのを待《ま》っていると、

「あの人、どうしたんだろ」

ゆきなが横断歩道《おうだんほどう》のむこうを指《ゆび》さしました。時計屋《とけいや》さんの前に、

しゃがみこんでいる人がいます。

「ねっちゅうしょう？」

「たいへん！」

一学期《がっき》、学校で

ねっちゅうしょうになって、

救急車《きゅうきゅうしゃ》で運《はこ》ばれた子がいたのです。

信号《しんごう》が青になるのを待《ま》ってかけよると、

うずくまっているのは、

おばあちゃんでした。

「だいじょうぶですか？」

ふたりは、おばあちゃんに声《こえ》をかけました。

でも、おばあちゃんはなにも答えません。両手《りょうて》で顔をおさえ、泣《な》いているようなのです。

「ど、どうしたの？　おばあちゃん」

「どこかいたいの？　おばあちゃん」

「おばあちゃんじゃ……ないもん」

「え？」

なにをいわれたのか、すぐにはわかりませんでした。

「おばあちゃんじゃない！」

おばあちゃんは、顔を上げました。なみだと鼻水《はなみず》でぐしゃぐしゃになっています。

「でも……」

白いかみ、しわしわのはだ。声《こえ》だって「おばあちゃん」の声《こえ》です。それなのに、本人は、

「あたし、おばあちゃんじゃないのに……。き、気がついたら、こんなになってたぁ」

時計屋《とけいや》さんのガラスにうつった自分の顔をながめて、また泣《な》くのです。

「へんな人に、声《こえ》、かけちゃったね」

ゆきながが、耳元でささやきました。

「にげようか、みくちゃん」

「でも……」
目の前で泣《な》いているのに、
知らん顔するわけにもいきません。
「あ、あの、これ」
みくは、ポケットから
ハンカチを出しました。
「なみだ、ふいて」
おばあちゃんは、
いわれたとおりハンカチで顔をふきました。
「ねえねえ、もしかしたらさ、このおばあちゃん、病気《びょうき》なんじゃない？」

ゆきながが、また、ひそひそ声《ごえ》でいいました。

「ほら、なんていうのかな。お年よりの人のなる……にんにんにん……」

「にんちしょう？」

「ああ、それそれ」

ゆきなは、うなずきました。

「いろんなこと、わすれる病気《びょうき》なんでしょ？」

「うん」

くわしいことはわかりませんが、施設《しせつ》に入っているみくのひいおばあちゃんは「にんちしょう」という病気《びょうき》だと、お母さんから聞いています。いろんなことをわすれてしまう病気《びょうき》なので、みくやお母さんやおばあちゃんのことも、わかったり、わからなかったりです。

「きっとそれだよ」

ゆきなは、決《き》めつけました。

「家はどこ？」

ゆきながたずねると、おばあちゃんは、こまった顔で首を横《よこ》にふります。

「どこにあるのか、わからない」

ほら、とゆきなはみくを見ました。

「住所《じゅうしょ》は？」

みくは、聞き方をかえてみました。

「おいけのはた一丁目《ちょうめ》」

「おいけのはた？」

みくとゆきなは顔を見あわせました。

そんな町名は聞いたこともありません。でも、住所《じゅうしょ》がいえるということは、にんちしょうではないのかもしれません。

「名前は？」

「関根《せきね》……すず」

「おばあちゃんなのに、かわいい名前だね」

ゆきなのことばに、おばあちゃんは目をむきました。

「おばあちゃんじゃないもん！」

あまりのけんまくに、みくとゆきなは、あとずさりしました。

おばあちゃんは、なみだをぐいっとふきました。

「あたしは、関根《せきね》すず。九さい！」

（九さい？）

みくは、びっくりしました。

九さいなら、みくやゆきなと同い年ということになります。でも、九十さいならわかりますが、九さいには見えません。ふたりが返事《へんじ》にこまっていると、おばあちゃんは口をへの字に曲《ま》げました。

「さっきまでこんなんじゃなかったもん。手だって、こんなしわしわじゃなかったし、あ、足だって……。きゅ、きゅうに、こ、こんなおばあちゃんに」

おばあちゃんは、天をあおいで大きな声《こえ》をあげました。

「ひえ～ん、ひぇっひぇっ」

おとながこんな泣《な》き方《かた》をするのを、
みくははじめて見ました。
(急《きゅう》におばあちゃんに
なっちゃうなんてことが、あるのかなあ。
もしかしたら、そんなふうに
思ったりする病気《びょうき》?)
みくが考《かんが》えていると、
ゆきながとつぜんさわぎだしました。
「あーっ! わかった、
わかった、わかった!
すっごいことわかっちゃった」

まるで熱《あつ》いフライパンの上にのってしまったみたいに、ピョンピョンとびはねています。

「いれかわっちゃったんだよ」

ゆきなの目は、とってもおきの秘密《ひみつ》をかぎあてたようにかがやいています。

「いれかわった？　なにが？」

「心だよ。こ・こ・ろ！」

「心？」

みくには、どういうことかわかりませんでした。でも、ゆきなは自信《じしん》満々《まんまん》です。

「ぜったいそうだよ。心がいれかわっちゃったんだよ。九さいのすずちゃんの心が、おばあちゃんの体に。
おばあちゃんの心が、
すずちゃんの体に」
ゆきなは、大こうふんです。
「アニメとかマンガで
よくあるじゃん。ふたりで階段《かいだん》を
落《お》ちたらいれかわっちゃったとか、
道でぶつかったら
いれかわっちゃったとか」
「でも……、そんなこと……」
「あるんだってば、そういうことが！」

みくは、おばあちゃんに目をやりました。こがらな、ふつうのおばあちゃんです。かわったところはありません。

「本当にあるんだなあ、こんなこと。ああ、どうしよう」

どうしようといいながら、ゆきなは、うれしそうです。

「ねえ、階段《かいだん》、落《お》っこちた？」

「わからない」

「だれかにぶつかった？」

「わからない」

おばあちゃんは、なにを聞いても「わからない」です。でも、

「これはあたしの体じゃないよ」

おそろしいものを見るように、

自分の体を見まわしています。

ゆきなは、満足《まんぞく》そうにうなずきました。

「うちらにまかせて！」

（うちら？）

イヤな予感《よかん》がしました。

「もとの体をさがしてあげる。ね、みくちゃん」

（ああ、やっぱり）

ぜったい、そういうと思ったのです。

みくは、泣《な》きたくなりました。

「むりだよ。落《お》とし物《もの》をさがすんじゃないんだから」

「だいじょうぶ。さがせるよ！」

（ゆきなちゃん、その自信《じしん》はどこから……）

みくは、心のなかでつぶやきました。

だいたい、心がいれかわるなんて、そんなこと、あるのでしょうか。

けれど、ゆきなはみくの思いには、まったく気づいていません。

「すずちゃんて、よんでいい？」

おばあちゃんに、たずねています。

「同い年なんだもん。おばあちゃんじゃへんでしょ？」

それから、

「うちはゆきな。こっちはみくちゃん」

自分とみくをしょうかいしました。

「ゆきなちゃんとみくちゃん？」

おばあちゃんは、くりかえしました。

「よろしくね」

ゆきなは、おばあちゃんとあく手をすると、

「ほら、みくちゃんも」

みくにも、あく手をさいそくしました。

ふたりがあく手をすると、ゆきなはにんまり、満足《まんぞく》そうです。

「じゃあ、いまからそうさく開始《かいし》ね」

ゆきなは、こほんとせきばらいをしました。

「すずちゃんの情報《じょうほう》が、もっとほしいね。ほかに思い出せることはない？」

ゆきなは、むねの前でうでを組みました。

「自分の顔は思い出せる？」

「うん」

おばあちゃんは、うなずきました。

「どんなの？」

「どんなのといわれても……」

おばあちゃんは、はずかしそうにいいました。

「……かわいい顔」

ゆきなとみくは、ふきだしました。おばあちゃんは、あわててつけくわえました。

「ほんと、ほんと。近所《きんじょ》でひょうばん……たぶん」

ゆきなは、「まあ、いいか」と次《つぎ》のしつもんをしました。

「かみがたは、どんな感《かん》じ？」

「かみがた？」

おばあちゃんは、

かみの毛を手でさわりました。

「ちがうちがう。

本物《ほんもの》のすずちゃんのほう」

「ああ、そうか」

おばあちゃんは、ちょっと考《かんが》えて、

「……これくらいの長さのおかっぱ」

耳の横《よこ》で手を広げました。

「おかっぱ？」

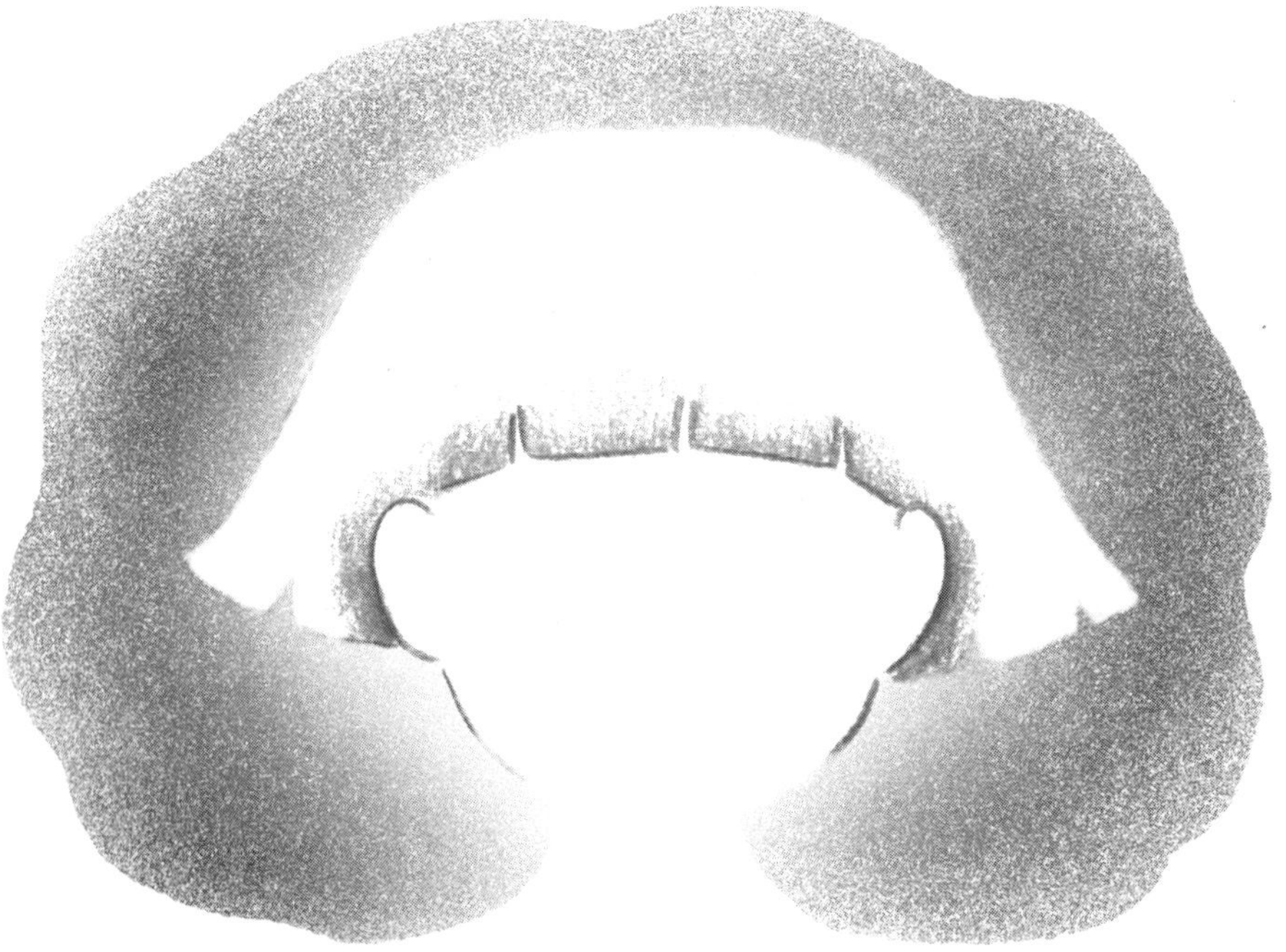

おばあちゃんは、みくに目をやりました。

「みくちゃんみたいな感《かん》じ。もうすこし短《みじか》いけど」

「ああ、ボブのことね」

ゆきなは、うなずきました。

（そうか、こういうかみがたを『おかっぱ』っていうのか）

みくははじめて知りました。

「よーし、だんだんわかってきたぞ！」

ゆきなは、くるっとターンをすると、

「かっぱ、かっぱ、おかっぱすずちゃん」

こしをふって、おどりだしました。

気分が、もりあがってきたのです。

（また、ゆきなちゃんてば）
あきれて見ていたみくは、
目をうたがいました。
「かっぱ、かっぱ、
おかっぱすずちゃん」
おばあちゃんも、
マネをしておどりだしたのです。
見た目は、おばあちゃんなので、
おかしな感《かん》じです。
でも、ふたりは、
「うたうと元気がでるね」

と、意見《いけん》がいっちしています。

みくがあっけにとられているのに気がつくと、おばあちゃんは、手で口をおさえ「くふふ」とわらいました。たれ下がったまぶたの下から見える目は、キラキラしています。

（あれ？）

みくは、目をこすりました。

おばあちゃんじゃなくて、小学生の女の子に見えてきたからです。

しわしわでしらがのままなのに……。

「みくちゃんもうたって」

ゆきなにいわれて、みくもうたいました。

「かっぱ、かっぱ、おかっぱすずちゃん」

三人で、

「かっぱ、かっぱ、おかっぱすずちゃん」

顔を見あわせて、わらいました。

なんだか、前から友だちだったような気がしてきました。

うたい終《お》えたころには、このおばあちゃんは、本当は九さいのすずちゃんなんだと、みくも信《しん》じられるようになっていました。

2 すずちゃんはどこ？

「でも、ゆきなちゃん、さがしにいくっていっても、どこに行くの？」

ゆきなは、待《ま》ってましたとばかりに答えました。

「図書館《としょかん》！　なかにいるかもしれない」

時計屋《とけいや》さんの角を曲《ま》がれば、図書館《としょかん》はすぐです。

図書館《としょかん》は公民館《こうみんかん》とおなじ建物《たてもの》のなかにあります。正面《しょうめん》のとびらを右に曲《ま》がると図書館《としょかん》。左に行くと公民館《こうみんかん》。階段《かいだん》を上った二階《かい》も公民館《こうみんかん》です。

自動《じどう》ドアが開《ひら》くと、すずは、

「ひえっ」

と、飛《と》び上《あ》がりました。

それから、図書館《としょかん》に入るなり、

「うっへぇ。本がいっぱい！」

大きな声《こえ》をあげました。

「あたりまえだよ！　図書館《としょかん》だもん！」

ゆきなまで大きな声《こえ》をだしたので、

「しいっ」

みくは、あわてて人差《ひとさ》し指《ゆび》をたてました。

（おかっぱで、九さいくらいで……）

図書館《としょかん》のなかをひとまわりしてみましたが、そんな子は見あたりません。

おすすめコーナー

公民館《こうみんかん》のほうものぞいてみました。
一階《かい》ではオカリナ教室《きょうしつ》を
していました。そっとのぞくと、
十人くらいの女の人たちが
オカリナをふいていました。
でも、子どもはいません。
そのとなりのへやは調理室《ちょうりしつ》に
なっていましたが、
だれもいませんでした。
二階《かい》に上がると、
階段《かいだん》のまん前の

「ふれあいギャラリー」で、
数人のおじさんがさぎょうをしていました。

ようちえんの子たちのかいた絵をはがしているのです。

「絵、とっちゃうの？」

ゆきなが、声《こえ》をかけました。

「うん。べつの絵ととりかえるんだよ」

ここは、いつもいろいろな人の絵や習字作品《しゅうじさくひん》などがかざられているのです。

ゆきなやみくの絵も、かざられたことがあります。

「おじさん、小学生くらいの女の子、見なかった？」

ゆきながたずねました。おじさんは、階段《かいだん》のまん前なので、だれかが上がってきたらわかるはずです。

「だれも来なかったよ」

と、教えてくれました。

一階《かい》にもどると、だれからともなく休けいコーナーのソファにこしを下ろしました。

「はあ」

ゆきなは、大きく息《いき》をはきました。

「いないね」

「うん。いないね」

自分のことを話されているのに、すずは落《お》ちつきなくあたりを見まわしています。

「さっきから思ってたんだけど、ここ、なんで、すずしいの？」

「エアコンに決《き》まってるじゃん」

ゆきなは、めんどうくさそうに答えました。

「おいけのはたって、どこにあるんだろう」

さっきすずのいった住所《じゅうしょ》を、みくは思い出していました。

「さあ。この町じゃないことは、たしかだね」

「いれかわったおばあちゃんのほうはどうなのかな。おばあちゃんは、この町の人なのかな」

「どうなんだろ」

ゆきなも首をかしげています。みくは、ちょっとへんだなと思ったことがありました。

「なんで、おばあちゃんは、そのまま行っちゃったんだろう。いれかわったなら、びっくりするよね、ふつう」

すると、すずが思い立ったようにいいました。

「もしかしたら、気づいてないのかもしれない。あたしも、時計屋《とけいや》さんのガラスにうつってる自分を見て、はじめて気づいたんだよ。自分のすがたを見なければ、わかんないのかも……」

「そっか。自分のすがたって見えないもんね」

ゆきなは、なるほどと感心《かんしん》しています。

「けどなあ……」

みくは、なんだかふに落《お》ちません。
「すずちゃんは、
いれかわったときのこと
おぼえてないの？」
すずは、こっくりうなずきました。
「じゃ、時計屋《とけいや》さんに行くまでは、
なにをしてたの？」
「時計屋《とけいや》さんに行くまでは……。
えっと、えっと……」
すずは苦《くる》しそうに、
顔をゆがめました。

思い出そうとしても、出てこないようです。

「いいよ、いいよ！　ムリしなくていい」

ゆきながが、ぴょんと立ち上がりました。

「ショックで、わすれちゃったんだよ！　そのうち思い出すって」

ゆきなはすずの手をとりました。そして、

「かっぱ、かっぱ、おかっぱすずちゃん」

とつぜんうたいだしました。

「こういうときこそ、うたうよ！　それ、かっぱ、かっぱ、おかっぱすずちゃん」

「かっぱ、かっぱ、おかっぱすずちゃん」

みくもすずもうたいました。

「かっぱ、かっぱ、おかっぱすずちゃん」
「ここでさわいではいけません！」
むかいの図書館《としょかん》から、
係《かかり》の人が飛《と》んできました。
三人は、あわてて
外に出ました。

3 駅《えき》をそうさく

「よし、次《つぎ》は駅《えき》だ！」

ゆきなが、元気にていあんしました。

「この町の子じゃないってことは、電車で来たってことじゃない？　時《と》計屋《けいや》さんは駅前《えきまえ》だし。駅なら階段《かいだん》でぶつかって、ゴロゴロってかのうせいも高いよ」

ゆきなの頭のなかでは、「心がいれかわる」＝「階段《かいだん》から落《お》ちる」になっているようです。

三人は、駅《えき》にむかって歩きだしました。

「ねえ、いれかわったおばあちゃんがみつかったらどうするの？」

みくは、ゆきなにたずねました。

「そりゃあ、ドーンて」

ゆきなは、すずの体をおすマネをしました。みくは目を丸くしました。

「えっ、ぶつけるの？」

ゆきなは、平然《へいぜん》とうなずきました。

「だいじょうぶかなあ」

みくは、心配《しんぱい》になりました。心は九さいでも、体はおばあちゃんです。

「だいじょうぶ。あたし、がんばる」

すずは、両手《りょうて》で力こぶをつくるポーズをしました。

会ったころは、「おばあちゃんの体で子どもの話し方」なのでおかし

な感《かん》じがしていたのですが、
みくもゆきなもだんだん慣《な》れてきました。
いまでは、すっかり同い年のすずちゃんです。
駅前《えきまえ》の通りには、スーパーや薬屋《くすりや》さん、
クリーニング屋《や》さんがならんでいます。
みくは、はっと思いつきました。
「ね、オオナカさんものぞいてみない？」
「オオナカさん」というのは、
駅前《えきまえ》の小さなスーパーのことです。
「えー、オオナカさん？」
ゆきなは、しぶい顔です。

「オオナカさんなんて、子どもが行っても楽しくないよ。売ってるの、お肉とかお魚とか野菜《やさい》だけだし」

わかってないなあと、みくはあきれました。

「だって、中身《なかみ》はおばあちゃんなんだよ。夕ごはんのおかずを買いにいっちゃったのかもしれないよ」

「あ、そうか」

ふたりは、すずをつれてオオナカさんに入りました。一歩入ったとたん、

「うぎゃあ、落《お》ちる！　落《お》ちる！」

すずは、入口近くにつみあげられたトイレットペーパーを見て、大さわぎです。近くにいた人たちが、ふしぎそうな顔をしています。お年よりが、トイレットペーパーの前でさわいでいるなんて、どう見てもへん

です。

すずは、大根《だいこん》やキャベツが山のようにつんであるのにも、あたふたしています。

「なんで、いちいちおどろくのかなあ」

まわりのおとなたちの目を気にして、ゆきなはすずの手をぐっとひっぱりました。そのとたん、すずの足がもつれました。

「あぶない！」

横《よこ》にいたおばさんが、
すずをささえてくれました。

「だいじょうぶですか？　おばあちゃん」

それから、ゆきなとみくに、

「気をつけてよ。おばあちゃん、ころんだらたいへんだからね」

と、くぎをさしました。

「はい。ごめんなさい」

ゆきなは、しんみょうに答えました。

「わすれてた。体はお年よりだった」

いっしょに話していると、どうしても体がお年よりということをわすれてしまいます。

「すずちゃんてさ、お母さんとお買《か》い物《もの》に来たことないの？」

そうでもなければ、こんなにいちいちおどろいたりはしません。

「うん。こんなとこ、来たことない。こんな野菜《やさい》も見たことない」

すずは、アスパラガスやブロッコリーをめずらしそうにながめています。

「これって買えるの？」

「そりゃあ、お店屋《みせや》さんだもん」

お店のなかをぐるっとひとまわりしましたが、おかっぱ頭の女の子はみつけられませんでした。

よほどめずらしかったのか、すずは、お店を出てからもずっとオオナカさんの話をしていました。

「どうして、あんなに食《た》べ物《もの》があるの？」

「お肉も魚も、なんで小さく切ってあるの？」

「牛の絵のついたはこに入っているのは、なに？　牛？」

「ええと、えええと」

みくが答えにつまっていると、ゆきながぴしゃりといいました。

「やめて。そんなにしつもんばっかりされても、こまっちゃうよ」

「はあい」

すずは、首をすくめました。


三人は、駅《えき》にとうちゃくしました。

「ここが、駅《えき》？　古いんだね」

すずは、駅舎《えきしゃ》を見上げました。駅《えき》は、いまどきには、めずらしい木ぞうです。日本でいちばん古いと聞いたことがあります。みくは、いばって答えました。

「そりゃあ、そうよ。百年以上《いじょう》前にたてられたんだから」

「百年！　あたしより、九十さい以上《いじょう》も年上！」

すずは、口をポカンと開《あ》けました。

それから、ぽつんといいました。

「でも、なんだか、知ってる気がする、この駅《えき》。あたしの町の駅《えき》と、にてるのかも」

みくとゆきなは、びっくりしました。

「駅《えき》の名前《なまえ》、思い出したの？」

すずは、首を横《よこ》にふりました。

「なあんだ。がっかり」

ゆきなは、背《せ》のびをしてホームをのぞきました。ホームにはだれもいません。

「ちょっと聞いてくる」

ゆきなは、建物《たてもの》のなかに入ると、キップ売場の横《よこ》のインターホンのボタンをおしました。ここは無人駅《むじんえき》なので、駅員《えきいん》さんはいません。用事《ようじ》があるときは、近くの駅《えき》にいる駅員《えきいん》さんにインターホンでれんらくするのです。

「はい」

スピーカーから駅員《えきいん》さんの声《こえ》がします。

「ここで、階段《かいだん》から落《お》ちた人はいますか？」

「は？」

「今日《きょう》、ここで階段《かいだん》から落《お》ちた人、いますか？」

ゆきなは、もういちど聞きなおしました。

駅員《えきいん》さんは、ていねいに答えてくれました。

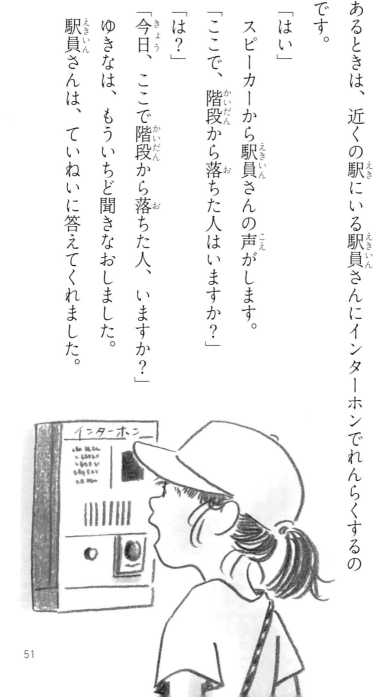

「そういう報告《ほうこく》は受《う》けていません。もしかしたら、落《お》ちた人がいるかもしれないけど、ちょっとわからないですね」

「ちぇっ」

ゆきながしたうちをしたので、みくはギョッとしました。

「ゆきなちゃん、だめだよ。しつれいだよ」

ゆきなは、「はあい」と返事《へんじ》をすると、もういちどインターホンのボタンをおして、

「ありがとうございました」

しぶしぶお礼《れい》をいいました。

すずは、ふたりのやりとりよりも、インターホンに興味《きょうみ》しんしんです。

「これは電話？」

「電話じゃないよ。インターホン」
ゆきなは、短《みじか》く答えました。
「いんたぁほん？」
「ここは無人駅《むじんえき》だから、
用事《ようじ》のあるときは
これでれんらくするんだよ」
みくが説明《せつめい》しているうちに、
ゆきなは建物《たてもの》から
かけだしていきました。

駅《えき》の前には、
タクシーがとまっています。
コンコン。
ゆきながタクシーのまどを
たたくと、運転手《うんてんしゅ》さんは
まどガラスを下ろしてくれました。
「おじさん、駅《えき》でだれかに
ぶつかったって子、見なかった？」
駅《えき》のまん前にいる
タクシーの運転手《うんてんしゅ》さんなら、
なにか知っているかもしれないと

考《かんが》えたのです。

「そういうのは、気がつかなかったなあ」

タクシーの運転手《うんてんしゅ》さんはいいました。

「あ、そ」

ゆきなはそのままもどろうとしましたが、みくの顔を見て、

「あっ」とふりかえりました。

「ありがとうございました」

これでいいんでしょという顔をして、ゆきなはもどってきました。

4

若《わか》がえったおばあちゃん

「中身《なかみ》は、おばあちゃんなんだよね」

みくは、つぶやきました。

「だったら、おばあちゃんの行きそうなところを
さがせばいいんじゃないかな」

「おばあちゃんの行きそうなところって？」

みくは、うで組みをして考《かんが》えました。

「公園《こうえん》……とか」

ゆきなは鼻《はな》にしわをよせました。

「そんなところ、行くかなあ」

「じゃ、おいしゃさんは？」

「おいしゃさんかあ」

やっぱり、ぱっとしない顔です。

「じゃあ、本屋《ほんや》さん」

「本屋《ほんや》さんねえ」

「じゃ、ゆきなちゃん、どこなら行くと思うのよ」

ちょっと頭にきて、みくがたずねると、

「老人《ろうじん》クラブ……とか？」

ゆきなは、答えました。

「いいけど、それ、どこにあるの？」

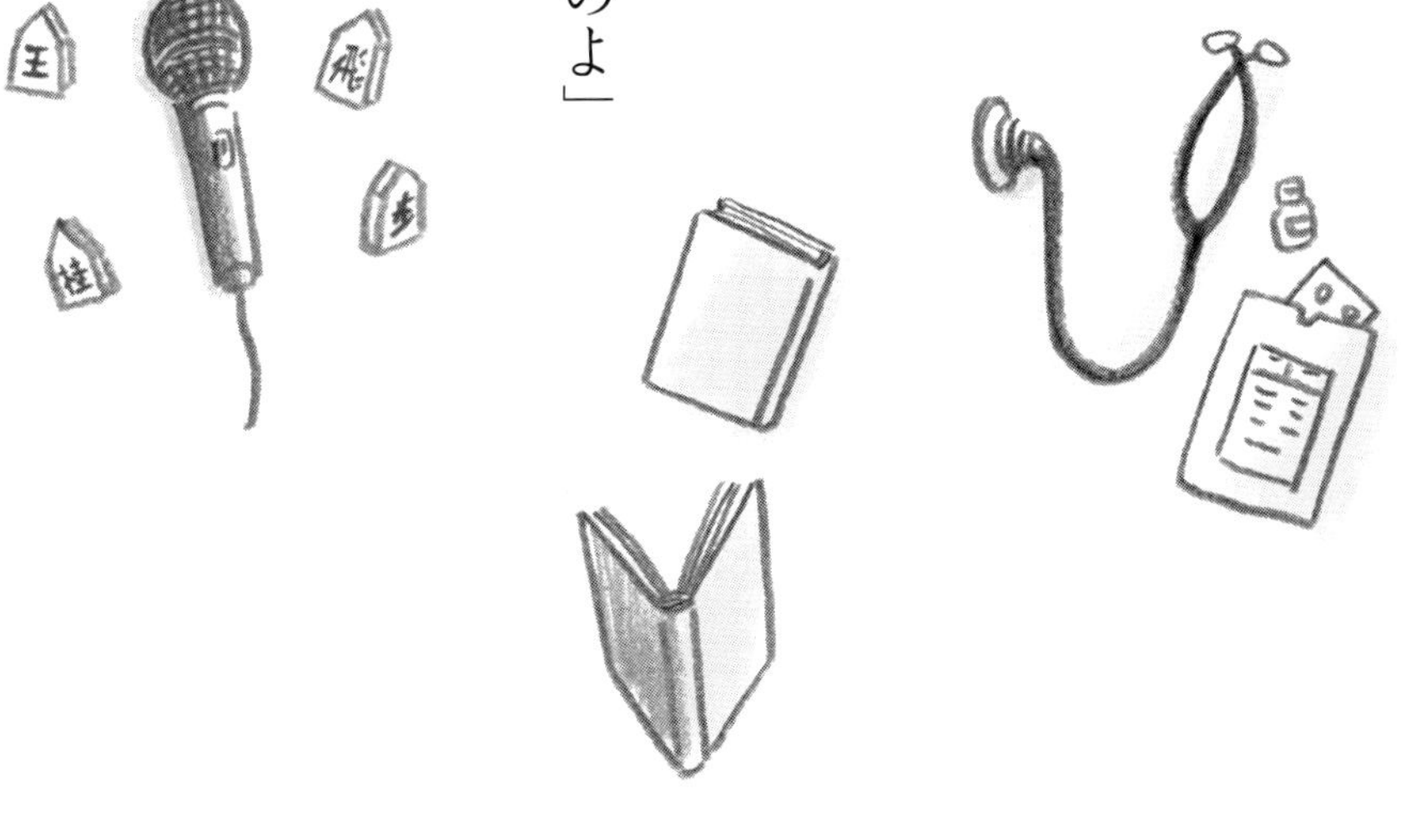

「さあ？　どこだろう」

「ん、もう。ゆきなちゃん、テキトーなんだから」

「だって、わかんないんだもん」

たしかに、おばあちゃんが行きたがるところなんて、九さいのふたりにわかるはずはありません。

ゆきなは、うーんとのびをしました。

「もう気づいてると思うんだよねえ、若《わか》がえったこと」

それから、体の向《む》きをかえて、すずを見ました。

「気にいっちゃったんじゃない？　すずちゃんの体が。もう、ずっとこのままでいいやって」

「そんなの、こまる」

すずは、泣《な》きそうな顔です。

「あたし、おばあちゃんのままなの？」

ゆきなとみくは、返事《へんじ》にこまりました。

（九さいでおばあちゃんになっちゃうなんて……）

みくは、ブルッと体をふるわせました。

自分だったら、ぜったいにいやです。

「ねえ、ゆきなちゃんがおばあちゃんだったとして、とつぜん、若《わか》がえったら、どうする？」

みくは、たずねました。

「とつぜん若《わか》がえったら……かあ」

ゆきなは、ちょっと考《かんが》えました。

「うれしくて動《うご》きまわっちゃう！　こんな感《かん》じ」

ゆきなは、その場でぴょんぴょんとんでみせました。

「それからね、思いきり走りたい」

（なるほど。そうかもしれない）

みくは、考《かんが》えました。

(若《わか》がえってうれしくて、動《うご》きまわりたいなら……。わたしなら、どこに行くかな。あ……)

「学校！」

思わず声《こえ》をあげました。学校なら、走りまわる運動場《うんどうじょう》も、ぴょんぴょんとぶ大タイヤもあります。ぶらんこもすべり台もうんていだってあるのです。

「そうだよ、学校だよ、きっと」

ゆきなも、さんせいしました。

「よし！　学校に行こう」

いうが早いか、ゆきなは全速力《ぜんそくりょく》でかけだしました。

みくは、すずの手をひっぱって、あわてて追《お》いかけました。ゆきなはどんどん、はなれていきます。

「待《ま》ってて、ゆきなちゃん」

みくは、遠ざかっていくゆきなの背中《せなか》によびかけました。

「すずちゃん、体はおばあちゃんなんだよぉ」

「あ、そっか」

ゆきなは、急《きゅう》ブレーキをかけました。

「ごめん、ごめん。わすれちゃってた」

すずとみくは、止《と》まってこきゅうをととのえました。

横《よこ》にある自動販売機《じどうはんばいき》が、ジ……と音をたてました。その音に、すずが気づきました。

「ねえ、これ、なに？」

それは、ジュースの自動販売機《じどうはんばいき》でした。

「ああ、そっかあ。ジュースかあ」

ゆきなは、頭をポリポリかきました。

「ジュース、飲《の》みたいよねえ」

「ジュース？　これが？」

すずは、ふしぎそうな顔です。

みくは、先まわりしていいました。

「お金、持《も》ってないから買えないよ」

みくの家では、子どもだけで遊《あそ》びにいくときにはお金は持《も》っていかないことになっています。

「うち、持《も》ってる」

ゆきなは、ななめがけにしたポシェットからおさいふを出しました。

「走らせちゃったおわびに、買ってあげる。一本買って、みんなで飲《の》もう」

ゆきなは、お金を入れました。

「オレンジ、ゲット！」

ゴトンゴトン。オレンジジュースが落《お》ちてきました。

ゆきなは、缶《かん》をあけると、

「すずちゃん、最初《さいしょ》に飲《の》んでいいよ」

気前よく、すずにわたしました。

すずは、両手《りょうて》でうけとると、ジュースとゆきなを何回も見直《みなお》しています。

「えんりょしないで、
飲《の》んでいいよ」
ゆきながもういちどすすめると、
ようやくひと口飲《の》みました。
そのとたん、
「おいしい！」
すずは、ブルブルと
体をふるわせました。
「こんなにつめたくって、
あまくって、おいしいの、
生まれてはじめて」

「はい。じゃあ、こうたい」

ゆきなは、手をさしだしました。でも、すずの口は缶《かん》からはなれません。

グビ、グビ、ググー。

一気に飲《の》みほしてしまいました。

「あ〜あ。もう」

ゆきなは、くやしそうに地面《じめん》をけると、そっぽをむいてしまいました。

「ごめんね、ゆきなちゃん」

すずは、ようやく自分が失敗《しっぱい》したことに気づいたようでした。

「こんなおいしいもの、生まれてはじめて飲《の》んだから、やめられなかったんだよ」

「いくらおいしかったからって……」

ゆきなはおこりながらも、聞きかえしました。

「いままで、缶《かん》ジュース、飲《の》んだことなかったの？」

「……うん」

すずは、もうしわけなさそうな顔でうなずきました。

「そっか。ときどき、いるよね。ジュースはダメっていうお母さん。すずちゃんちも、そうなんだ」

ゆきなは、自分にいい聞かせるようにいいました。

「じゃ、しかたない。ゆるしてあげる。うちなんて、十回は飲《の》んでるからね」

（よかった。けんかにならなくて）

みくがホッとすると、すずがもういちど、自動販売機《じどうはんばいき》を指《ゆび》さしました。

「これって、なに?」

「あー、もうお金ないよ」

二本目をねだられたと思って、ゆきなは足をバタバタさせました。

すずは、あわてていいました。

「ちがう。そういうことじゃなくて……。これって……これって」

「自動販売機《じどうはんばいき》っていうんだよ、すずちゃん」

ジュースがほしいわけじゃないんだと、みくが気づきました。

「じどう……はんばい……き」

すずは、かみしめるようにくりかえしました。

「ホント、知らないことばっかりなんだな、すずちゃんは」

ゆきなは、あきれています。

「よし。大サービス。ほかにも聞きたいことがあったら、聞いて」

「え？　聞いていいの？」

すずの目が、きらりとかがやきました。

「じゃあ、なんで地面《じめん》が、こんななの？」

「え？」

ゆきなとみくは、地面《じめん》を見ました。見なれたアスファルトの道路《どうろ》です。

「ふつうのアスファルトだよ、ねえ」
ゆきなとみくは、
うなずきあいました。
「あすはると？」
すずは、
しゃがみこんで
道路《どうろ》にふれました。
「なんで、こんなに
黒くてかたくて、
石たんみたいなの？」
「なんでっていわれても……」

すずはなっとくいかない顔で、
道路《どうろ》を見ています。

「……土は？」

「土ぃ？」

みくとゆきなの声《こえ》が重《かさ》なりました。

「土は、運動場《うんどうじょう》とか庭《にわ》とかだよ」

「すずちゃんの住《す》んでるとこは、道路《どうろ》も土なの？」

ゆきなは、おどろいてたずねました。

「う……ん」

横《よこ》を車が通っていきました。

すずは、その車のこともふしぎそうな顔でながめていました。

5

学校

みくたちの学校は、正門を入るとすぐに運動場《うんどうじょう》で、正面《しょうめん》に校舎《こうしゃ》がたっています。

運動場《うんどうじょう》にはだれもいませんでした。

遊具《ゆうぐ》コーナーで遊《あそ》んでいる子もいません。

「ここが、学校？」

すずは、急《いそ》ぎ足《あし》で運動場《うんどうじょう》のまん中まで行きました。

みくとゆきなは、あとを追《お》いかけました。

「あっちが校舎《こうしゃ》」

ゆきなが、指《ゆび》さしました。

「うちら、三年二組。あの校舎《こうしゃ》の二階《かい》だよ」

「校舎《こうしゃ》？　あのりっぱなのが？」

すずの目は、落《お》っこちそうになっています。

「ふつうの校舎《こうしゃ》だよぉ」

いったい、なににおどろいているか、

みくにはさっぱりわかりませんでした。

「すずちゃん、学校すき？」

ゆきなが、すずの顔をのぞきこみました。

「学校……」

思い出そうとするように、すずは目をふせました。

ゆきなは、しつもんをかえました。

「じゃあ、勉強《べんきょう》はなにがすき？」

聞いたくせに、ゆきなは先に答えました。

「うちは、体育《たいいく》！」

ゆきなは、いきなり体そうをはじめました。

「プールもだいすき！」

こんどは、およぐマネです。

「みくちゃんは、国語がすきなんだよね」

みくは、うなずきました。

「わたし、本を読んだり、作文を書いたりするのがすきなの」

「あっ、あたしも！」

すずが、大きな声《こえ》をだしました。

「前に作文でほめられたことがあるの。ぶうんちょうきゅうをねがって書いた……」

そこまでいって、すずは自分のくちびるに手を当てました。

「ブーンチョーキュー？」

三人の目が、たよりなくゆれました。

「なんだっけ、それ」

最初《さいしょ》にいったのは、すずでした。

「自分でいったくせに」

みくがいうと、すずはてれくさそうにしたを出しました。

「ブーン、チョーキュー！」

ゆきなが手を広げて、飛行機《ひこうき》のように走りだしました。

「ブーン」

それを見て、すずもみくもわらいました。

運動場《うんどうじょう》をひとまわりして、だれもいないことを確認《かくにん》すると、三人は朝礼台横《ちょうれいだいよこ》のクスノキの木かげにすわりました。

「おばあちゃん、どこに行っちゃったんだろうね」

クスノキの上には、夏空が広がっています。

「あっ」

すずが、小さく声《こえ》をあげました。

「この空、見たことがある」

「も〜、すずちゃんってば」

ゆきなは、すずのおでこを指《ゆび》でおしました。

「空なんて、どこだっておなじだよ」

「でも……」

すずはまじめな顔です。

「この木の下で、空を見上げた気がするんだ」

そういわれて、みくももういちど空を見ました。青い青い空です。もくもくとした大きな白い雲がうかんでいます。

（空は、どこでもおなじだと思うけど……。でも……）

「やっぱり、かんちがいかなあ」

すずの声《こえ》は、心細《こころぼそ》げです。

「そんなことないよ。さっきの駅《えき》のとこでも思い出したし、すずちゃん、すこしずつ記憶《きおく》がもどってきてるんだよ」

みくは、すずをはげましました。ゆきなもうなずきました。

「記憶《きおく》がもどったら、落《お》ちたときのことも、いれかわっちゃったおばあちゃんのことも思い出すよ」

すると、すずが、えんりょがちにいいました。

「あのね、もういっこ思い出したの」

「なになになに？」

ふたりは、すずに顔をよせました。

「池」

すずは、短《みじか》く答えました。

「池があった気がする」

「池ならあるよ！」

ゆきなとみくは、立ち上がりました。

「こっち、こっち」

校舎《こうしゃ》の裏《うら》には、小さな池があるのです。コイやアメンボがいます。でも、ひと目見て、すずはがっかりした声《こえ》をだしました。

「ちがう。こんな小さな池じゃない。もっと大きいの」

もっと大きい池。

みくとゆきなの声《こえ》が、そろいました。

「七《なな》ツ《つ》木《ぎ》池《いけ》！」

七《なな》ツ《つ》木《ぎ》池《いけ》は、町の外れにある大きな大きな池です。まわりを一周《しゅう》するだけで二十分はかかります。

ひとまず、池に行ってみることにしました。

学校から七ツ木池《ななつぎいけ》までは、三十分くらいかかります。夏の午後《ごご》にはきびしい道のりです。

すずは、ぼうしもかぶっていません。おまけに長そでです。横《よこ》で見ていてもわかるくらい、あせびっしょりになっています。

「すずちゃん、その服《ふく》、暑《あつ》くない？」

みくが話しかけたそのとき、空を飛行機《ひこうき》が飛《と》んでいくのが目に入りました。

「飛行機《ひこうき》！　お父さんかも」

みくは、

「おーい！」

と、手をふりました。みくのお父さんは、パイロットなのです。

「すずちゃん、あれね」

ふりかえって、おどろきました。

すずが、頭をかかえてすわりこんでいたのです。

「どうしたの？」

横《よこ》に立っているゆきなは、両手《りょうて》を広げ、わからないというしぐさです。

「すずちゃん、どうしたの？」

でも、すずは答えません。

こきざみに体がふるえています。

「寒《さむ》いの？」

ゆきなとみくは、
すずの前と後ろにしゃがみこんで、
ぎゅっとだきしめました。
ミーン、ミーン、ミーン。
セミが、やかましく鳴《な》いています。
すずの体のふるえが伝《つた》わってきます。
なにかにおびえているようです。
(すずちゃん、すずちゃん。しっかりして)
いのるような気持《きも》ちで、みくは、うでに力を入れました。
みくの背中《せなか》をあせが、つうっと流《なが》れていきました。
五分もたったころでしょうか。

「あ〜、あっつー！」

まん中にいたすずが、とつぜん、大声《おおごえ》をだしました。

ふたりは、びっくりして体をはなしました。

「ふう、暑《あつ》かったぁ」

すずの顔は、おふろあがりのようにまっ赤です。

「ふたりとも、そんなにくっついたら暑《あつ》いよ」

「ちょっと、すずちゃん。そんないい方ってないよ」

ゆきながプリプリしているのに、

「さっきの飛行機《ひこうき》、どこの国の？」

すずは、空を見上げています。

「日本だよ」

みくが、いいました。

「そっか。日本のか」

すずは、ふうっとかたの力をぬきました。

「わたしのお父さん、パイロットなんだよ」

みくは、ほこらしげにいいました。

「世界《せかい》じゅうを飛《と》びまわっているんだよ」

「世界《せかい》じゅうを？」

すずは、びっくりしていいます。

「うん」

みくが笑顔《えがお》でうなずくと、すずはたずねました。

「飛行機《ひこうき》、ばくだんをつんでるんだよね？」

「ばくだん？」

みくがキョトンとしていると、

「そんなはず、ないやろ〜！」

ゆきながが、手のこうですずをポンとたたきました。

（あ、じょうだんだったのか）

みくは、ホッとしました。

（それにしてもすずちゃんのじょうだん、わかりにくいなあ）

6

体の記憶《きおく》

七ツ木池《ななつぎいけ》のまわりはきれいにせいびされて、ウォーキングやジョギング、犬のさんぽなどができるようになっています。入口のかんばんによると「七ツ木池健康《ななつぎいけけんこう》コース　一周《しゅう》　一、八キロメートル」だそうです。

三人は、池のまわりを歩きだしました。道のわきに木がたくさんあるからでしょうか。すずしい風がふいています。池のなかにも木が生《は》えていて、そこには、たくさんの鳥がとまっていました。

「ここって、いつも鳥が多《おお》いよねえ。なんでだろ」

ゆきなは、道に落《お》ちた鳥のふんをふまないようにつまさきだちで歩いています。

「池に、魚がたくさん
いるからじゃない？

魚をとりにくるんだよ」

「魚？」

すずが、ピクンと
頭をもたげました。

「どこ？　どこ？」

「ほら、あそことか。あ、あっちにも」

みくは、池のなかを指《ゆび》さしました。

「本当だ。魚、いっぱいいる！」

とたんに、すずの目が
かがやきました。

「あれって、食べられる？」

「え？　食べる？」

みくは聞きまちがえたかと思いました。

「どうかなぁ。とってみようか」

ゆきなは、まわりを見まわしています。

「落《お》ちてないかな。あみか、サオか……」

「だめだめだめ！」

みくは、あわてて止《と》めました。

「だめなの？　じゃあ、あの鳥は」

「だめ！　鳥も魚もとっちゃだめ！　食べられないの！」

「ええ〜」

「『ええ〜』じゃない！」

（もうふたりとも……）

みくは、ゆきなとすずにもういちど、
ねんをおしました。

「だめだからね！」

「そんなことをしにきたんじゃないでしょ」

みくは、すずにたずねました。

「どう？　ここ、すずちゃんの知ってる池？」

すずは、「ちがう」といいました。

「あたしのおぼえている池は、もっと暗《くら》くて、まわりに草が生《は》えてて、木がうわっとなってて……」

みくもゆきなも、がっかりしました。

とりあえず、一周《しゅう》まわっておばあちゃんがいないか確認《かくにん》しようと、三人は歩きはじめました。

「あれは、なに？」

すずが、なにかを指《ゆび》さしました。

池のそばに背《せ》の高い台があり、その上に三人の女の子たちの像《ぞう》がたっています。中学生くらいでしょうか。ひとりは空にむかって両手《りょうて》を広げ、ひとりは手に、もうひとりはかたに鳥をのせています。

「あれはね、ここで死《し》んじゃった人たちのためにつくった銅像《どうぞう》なんだって」

みくが、説明《せつめい》すると、

「そうなの？」

ゆきなは、聞きかえしました。

「そうだよ。このまえ『平和《へいわ》の学習《がくしゅう》』のとき、聞いたよ。わすれちゃったの？」

みくたちの学校では、毎年一学期《がっき》の終《お》わりに「平和《へいわ》の学習《がくしゅう》」というのをします。お年よりや地いきの人たちが、戦争《せんそう》のころの話をしてくれるのです。

「だって、あれっておもしろくないもん。お話、よくわからないしさ」

ゆきなは、あっけらかんと答えました。

「もう……」

みくは、しかたないので教えてあげました。

「むかし、戦争《せんそう》のときに、このへんにいっぱいばくだんが落《お》とされたんだって。それで、たくさんの人が死《し》んじゃったんだって」

「へえ、そうだったんだ」

ゆきなは、はじめて聞いたみたいな顔です。

「ゆきなちゃん、もっとちゃんとお話聞かなきゃダメだよ。だいたい」

「ちょっと待《ま》って。すずちゃんが」

ゆきなは、みくのおせっきょうを止《と》めました。

「戦争《せんそう》……ばくだん」

苦《くる》しそうにまゆをよせ、すずがつぶやいています。

「すずちゃん、どうかしたの？」

ふたりがのぞきこんだときです。

「いたっ」

すずは、右うでをおさえました。

「いたい、いたい。いたぁい」

「どうしたの？　すずちゃん」

「なにかにさされたの？」

みくとゆきなが声《こえ》をかけても
答えられないほど、
すずは苦《くる》しみ続《つづ》けています。

「ど、どうしよう」

みくもゆきなも、どうしたらいいのかわかりません。

「うでがいたいの？」

ゆきなが、そでをぐいっとおし上げたときです。

「ひっ」

ゆきなは息《いき》をのみました。

のぞきこんだみくも、すうっと背中《せなか》がつめたくなりました。すずの……すずの心が入りこんだおばあちゃんの右うでには、ひどい傷《きず》があったのです。ひきつって、ところどころひふがかたまっています。それは、手首からひじをぬけてかたのほうまで。もしかしたら背中《せなか》にも続《つづ》いているのかもしれません。

ジョギングをしていたおじさんが、

「どうした？　おばあちゃん、具合《ぐあい》が悪《わる》いのか？」

声《こえ》をかけてくれました。

「うでがいたいって、いってる」

なんとか説明《せつめい》すると、おじさんは、すずの右うでを見ました。

「やけどのあとだな」

おじさんは、持《も》っていた水とうの水をタオルにかけ、うでに当ててくれました。

それがよかったのか、すずはだんだん落《お》ちついてきました。

「ずいぶん古いやけどのあとだから、だいじょうぶだとは思うけど、いたむようなら病院《びょういん》に行ったほうがいいかもしれないですね」

おじさんは、ていねいに説明《せつめい》してくれました。すずも、おとなしくうなずいていいます。

（これ、やけどのあとなのか）

みくは、すずをそばのベンチにすわらせました。

すずは、うでをおさえたまま、うつむいています。

「どう？　おさまってきた？」

みくがたずねると、すずは、こっくりうなずきました。

「なんでだろう。戦争《せんそう》の話を聞いてたら、急《きゅう》にいたくなったんだよ」

しばらく考《かんが》えたあと、すずはいいました。

「もしかしたら、この体の持《も》ち主《ぬし》のおばあちゃん、戦争《せんそう》でやけどをしたのかもしれない。戦争《せんそう》の話をしたから、体が、思い出したのかもしれない」

（心がいれかわっても、体はおぼえている。そんなこともあるのかもしれない）

みくは、すずの右うでにそっと手をのばしました。

7 すずのしあわせ

池のまわりを歩いても、すずの記憶《きおく》はもどってきませんでした。すずではないかと思われる子どもも、いませんでした。

「いちど家に行って、お水、飲《の》もうよ」

と、いいだしたのはみくです。

三人とも、のどがカラカラになっていました。

みくの家は、ここから五分ほど。十三階《かい》だてのマンションのいちばん上です。

マンションに入る前も、またすずは大げさにさわぎたてました。

「すごい！　なに、これ」

でも、みくもゆきなも、すずがおどろくのになれっこになっていたので、

「ふつうのマンションだよ」

にがわらいをするだけでした。

エレベーターに乗《の》ったときも、すずは目を白黒させていました。

みくのお母さんは出かけていました。

みくは冷蔵庫《れいぞうこ》から麦茶《むぎちゃ》を出し、コップにそそぎました。

「つめたーい」

「おいしーい」

ゆきなとすずは、それぞれ二回もおかわりをしました。

「みくちゃんのおうちって、まほうのおうちだね」

すずが、いいました。

「おしろみたいにきれいだし、こんなつめたいお茶があるなんてびっくり」

すずはあちこちながめ、めずらしそうに声《こえ》をあげました。

「これが、冷蔵庫《れいぞうこ》？　なかに入れちゃうね！」

「これって、写真《しゃしん》？　色がついてる！」

さんざんさわいだあと、かべにかかったカレンダーに目をとめました。

「ねえ、これ、なんて、読むの？」

すずの指先《ゆびさき》は「令和《れいわ》」をおさえています。

「え？　ああ。れいわ、だよ」

「れいわ？」

「うん。平成《へいせい》、令和《れいわ》の、れ・い・わ」

「へいせい、れいわのれいわ？」

「その前は、明治時代《めいじじだい》だよね」

ゆきながとくい気にいいました。

「ちがうよ。平成《へいせい》の前は昭和時代《しょうわじだい》だよ。で、その前が大正《たいしょう》で、その前が明治《めいじ》だよ」

みくがていせいすると、ゆきなは、

「あ、そうそう」

わらってごまかしました。それから、みくとゆきなは、声《こえ》を合わせ

ました。

「明治《めいじ》、大正《たいしょう》、昭和《しょうわ》、平成《へいせい》、令和《れいわ》ー！」

いい終《お》えると、手をたたきました。すずは、ふたりのことばをくりかえしました。

「しょうわ……へいせい……れいわ？」

すずは、また、カレンダーを見ました。

こんどは、なにか考《かんが》えこんでいます。

「どうかした？」

みくがたずねると、

「これ、夢《ゆめ》？」

すずは、自分のほっぺたをつねっています。

「あたし、夢《ゆめ》を見てるのかな」

ゆきなが、声《こえ》をあげてわらいました。

「夢《ゆめ》のはずないじゃん。これが夢《ゆめ》だったら、うちら、夢《ゆめ》のなかの人に
なっちゃう」

「それより、見て見て」

みくは、すずのうでをひっぱって、ベランダに出ました。

「すごいでしょ。ここから、町がぜーんぶ、見わたせるんだよ」

「わあ……」

すずは、ことばをうしないました。

夏の日ざしにてらされた家々の屋根《やね》。緑《みどり》の木にかこまれた公園《こうえん》。七ツ《ななつ》
木池《ぎいけ》。公民館《こうみんかん》。お寺。小学校。むこうに見えるのは海です。

「どうして、こんなに……」

すずは、目をこすりました。

「どうして、こんなに町がきれいなの。どこも焼《や》けてないの？　戦争《せんそう》は？　戦争《せんそう》はどうなったの？」

「戦争《せんそう》？」

みくは、答えにつまりました。

（どうして、急《きゅう》に、戦争《せんそう》？）

「いまもやってるとこはあるけど……。外国だよ」

「日本は？　日本は、やってないの？」

ゆきなが、あきれたように答えました。

「やってるはずないじゃん」

「戦争《せんそう》は……してない」

すずは、つぶやきました。

「戦争《せんそう》は……終《お》わったの？」

「ずーっとずーっとずーっと前にね」

「ずーっと」といいながらゆきなは、両《りょう》うでを広げました。

「もう、しないの？」

「するはずないじゃん！」

みくとゆきなは、同時にいいました。

「そうか。しないんだ」

すずは、グシグシと目をこすってべつのしつもんをしました。

「ねえ、だれが、町をこんなにきれいにしたの？」

「だれが？」

「うん、町をこんなにきれいにしたのは、だれ？」

ゆきなが、すぐに答えました。

「いろんな人だよ！」

「また、ゆきなちゃんてば」

（もっとちゃんと考《かんが》えてよ）

と、みくは思いました。でも、

「なんで？　いろんな人だよ」

ゆきなは、すました顔で指《ゆび》をおりました。

「家をつくった人でしょ。道をつくった人でしょ。

学校や公園《こうえん》をつくった人。ほかにもいーっぱいの人」

いわれてみればそのとおりです。だれかひとりでつくったわけではありません。それで、みくも、

「いろんな人かも」

と、さんせいしました。

ゆきなは、調子《ちょうし》に乗《の》って続《つづ》けました。

「七《なな》ツ木《つぎ》池《いけ》のまわりをお散歩《さんぽ》コースにした人。図書館《としょかん》に本を入れた人。オオナカさんに大根《だいこん》やキャベツをつんだ人」

「学校は勉強《べんきょう》するところって決《き》めた人。駅《えき》にインターホンをつけようって決《き》めた人」

みくも、続《つづ》けていいました。

「それから」

みくは、冷凍庫《れいとうこ》からアイスキャンディーを出しました。

「アイスキャンディーをつくった人。お友だちにあげる人」

ゆきなとすずに、一本ずつわたしました。

ゆきなは、ほっぺたにアイスをくっつけて、

「ひえひえ〜」

と、さけびました。

「つめた〜い」

すずも、くっつけました。

「いろんな人がいて、きれいで平和《へいわ》でおいしい町になりました」

みくのことばに、すずもゆきなもふふふとわらいました。リビングの

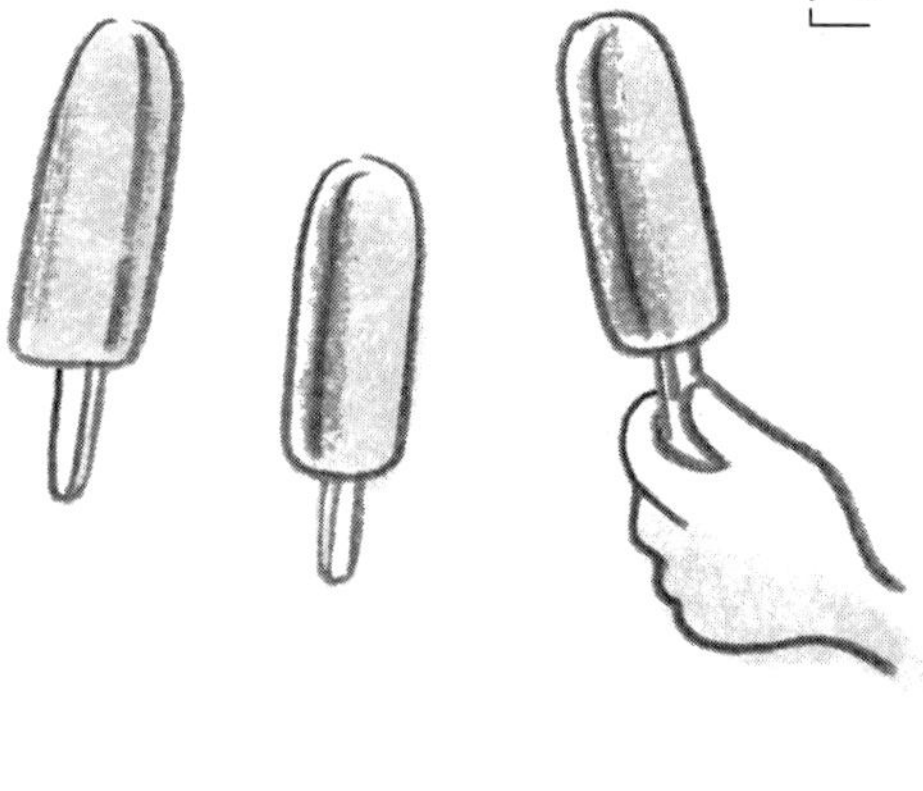

ソファにすわって、三人でアイスキャンディーを食べました。すずは、

「雲の上にいるみたい」

と、ソファの上にねころびました。

「あー、しあわせ」

「ソファが？　アイスキャンディーが？」

ゆきながたずねると、

「みんな、みーんな」

すずは、アイスキャンディーを口にくわえ、
両手足《りょうてあし》をぐーんとのばしました。

「わたしもしあわせ」

みくは、マネしました。

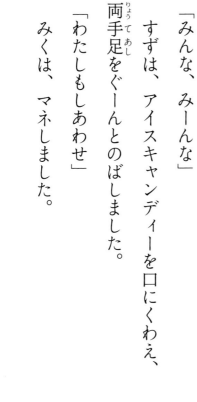

「うちも！」

ゆきなもアイスキャンディーをくわえて、うーんと手足をのばしました。

「決《き》めた。あたし、いろんな人になる」

とつぜん、すずがいいだしました。

ゆきなとみくはわらいました。

「いろんな人にはなれないよ。ひとりなんだもん」

「じゃあ、あたし、いろんな人のひとりになる！」

すずは、いい直《なお》しました。

「でね、こんな町をつくるの」

8

ねむりのあと

みくはびっくりしました。

いったいいつねむってしまったのでしょう。

ゆきなもすずも、ソファの上でねています。

「起《お》きて、起《お》きて」

みくは、あわててふたりをゆり起《お》こしました。

時計は、四時をまわっています。

「すずちゃんの体、さがさなくちゃ！」

「そうだった」

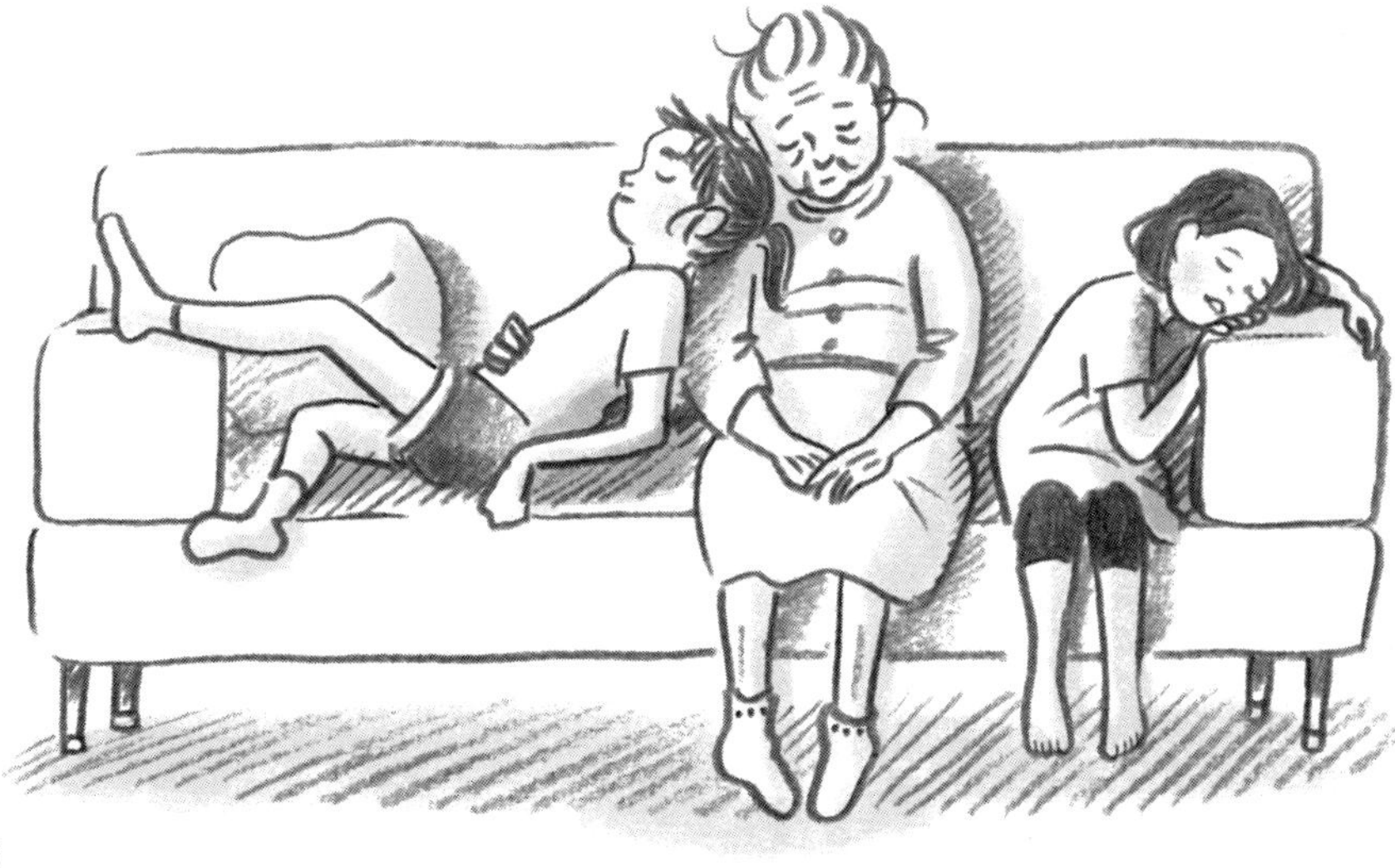

ゆきなは、ソファからはね起《お》きました。
ところが、かんじんのすずが、
起《お》きないのです。
「すずちゃん、起《お》きて。
さがしにいかなきゃ」
ゆきなに体をゆさぶられて、
すずはようやく目をさましました。
みくとゆきなはあせっているのに、
すずはなかなか動《うご》こうとしません。
のんびりと大あくびをしているのです。
「目をさまして！」

ぼんやりしてるすずの手を、ひっぱりました。こがらとはいえ、おとなです。かんたんにはいきません。

ふたりがかりで、エレベーターにおしこみました。

エレベーターを下りても、

すずは、のろのろとしか歩いてくれません。

目がとろんとしています。

両側《りょうがわ》からうでをかかえて、

マンションの出入り口まで来たものの、

これからどうしたらいいのか。

ふたりは歩きだせずにいました。

まるで電池《でんち》が切れてしまったように、すずはマンションのとびらの前に、すわってしまいました。

「すずちゃん、立って」

「がんばって、さがしにいこうよ」

ふたりでかわるがわる声《こえ》をかけても、反応《はんのう》してくれません。

そのとき、

「ひいおばあちゃん！」

道路《どうろ》のむかい側《がわ》から、声《こえ》がしました。

顔を上げると、中学生くらいのお姉さんが道路《どうろ》をわたってこちらに走ってくるところでした。

お姉さんは、すずの前まで来るとへなへなとすわりこみました。

「よかった〜。無事《ぶじ》で」
「あ、あの」
みくは、お姉さんに声《こえ》をかけました。
お姉さんは、みくとゆきなに気づいて、
「うちのひいおばあちゃんなの。
いつのまにか
ひとりで出ていっちゃったから、
さがしてたの」
と、教えてくれました。
「ひいおばあちゃん、
どこでみつけてくれたの？」

「え……と、最初《さいしょ》は、時計屋《とけいや》さんの前で……。それから、いっしょに図書館《としょかん》へ行って、駅《えき》に行って、小学校に行って、七ツ木池《ななつぎいけ》に。いまはうちで休けいしてて」

みくは、マンションを見上げました。

「そんなに、あちこちに行ったの?」

お姉さんは、目を丸くしました。

「でも、無事《ぶじ》でよかった」

お姉さんは、みくとゆきなに頭を下げました。

「ありがとう。本当に本当に助《たす》かりました」

それから、すずの手をとりました。

「さ、帰ろう。ひいおばあちゃん」

「あ、あのっ!」

みくは、お姉さんのうでをつかみました。

「じ、じつは、その人、おばあちゃんじゃないんです!」

「は?」

お姉さんは、びっくりした顔でみくを見ました。

ゆきながが、続《つづ》けました。

「信《しん》じられないかもしれないけど、みくちゃんのいうとおりなの。そこにいるのは、九さいの関根《せきね》すずちゃんなの。本人がそういったんだからまちがいなし!」

「おばあちゃんと、心がいれかわっちゃったみたいなんです。時計屋《とけいや》さんの前で会ったときは、もういれかわってて」

お姉さんは、じじょうがのみこめないようでした。ふたりは、なんとかわかってもらおうと、ひっしにことばをさがしました。

「ほら、アニメとかマンガであるでしょ。心と体がいれかわっちゃうの。それが、本当に起《お》こったんだよ」

「本物《ほんもの》のおばあちゃんは、すずちゃんの体に入ってどこかに行っちゃったんです。だからずっとさがしてたんだけど、まだみつからなくて」

「ほら、すずちゃんも、なんとかいって」

ゆきなは、すずの体をゆさぶりました。でも、すずはたましいがぬけたようになっています。

「もうっ。さっきまではこんなんじゃなかったのに」

お姉さんは、三人の様子《ようす》をだまって見ていましたが、やがて大きくうなずきました。

「わかった。ひいおばあちゃんと子どものすずちゃんの心がいれかわっちゃったんで、それで、ふたりはもとにもどそうとしてくれたんだね」

（やっと伝《つた》わった）

ふたりは、ホッとしました。

「ありがとう。わかった。もうだいじょうぶ」

お姉さんは、にっこりわらいました。

「あのね、関根《せきね》すずっていうのはね、このおばあちゃんの子どものときの名前。けっこんしていまは後藤《ごとう》すずっていうんだけど」

「え？　それって……」

ふたりは、すずを見ました。

お姉さんは、

「ごめんね」

ふたりにあやまりました。

「ひいおばあちゃん、たぶん、あなたたちに会って、自分も九さいみたいな気になっちゃったんじゃないかな。いれかわってないから、だいじょうぶ」

すずは、ぼんやりした目で遠くを見ています。

「おせわしてくれて、本当にありがとうね」

お姉さんは、もういちどお礼《れい》をいってくれました。

ふしぎなことに、お姉さんが手をとると、すずはいやがらずに立ち上がったのです。

「じゃあね」
お姉さんといっしょに
帰っていくすずのすがたを、
ふたりはポカンと見ていました。
丸まった背中《せなか》は、
本当におばあちゃんに
見えました。
「いれかわってなかったんだ」
ゆきながが、つぶやきました。
「みたいだね」
なんだか、気がぬけてしまいました。

「やっぱり、いれかわるなんて、かんたんには起《お》こらないのかな」

「うん」

（でも……）

みくの頭には、いろいろなすずが思いうかびました。

大根《だいこん》やキャベツの山に目を白黒させていたすず。ジュースをおいしそうに飲《の》みほしたすず。ソファにねころがってわらっていたすず。目をキラキラかがやかせていたすず。

（あれは、九さいのすずちゃんじゃなくて、おばあちゃんだったの？）

夕ごはんのときに、お母さんに今日《きょう》の話をしました。

「じゃあ、かんちがいを信《しん》じて、おばあちゃんをあちこちつれまわしちゃったってこと？」

「う……ん」

そういういわれ方をすると、悪《わる》いことをしたような気分です。

「そんなに歩いて、だいじょうぶだったのかなあ」

お母さんは、心配《しんぱい》そうです。

みくは、いたたまれなくなっていいわけをしました。

「だって、九さいだっていったんだもん。話し方も小学生みたいだったし。だから、心がいれかわっちゃったんだって思って……」

お母さんは、わらいました。

「きっと、みくとゆきなちゃんがあんまり楽しそうだったから、なかまに入りたくなっちゃったんだよ、おばあちゃん」

「でも、最初《さいしょ》に会ったときは、ぐしょぐしょに泣《な》いてて、なかまに入りたいって感《かん》じでもなかったんだけどなあ」

みくは、口をとがらせました。

「なんでもかんでも、聞くんだよ。自動販売機《じどうはんばいき》もスーパーも知らなかったの」

「それは、にんちしょうだからだよ。いったでしょ、わすれちゃう病気《びょうき》だって」

「そうなんだけど……」

（わすれてしまうって、ああいうことなのかなぁ）

なんとなくすっきりしません。
「ねえ、お母さん、むかしは、
スーパーはなかったの？」
「むかしって？」
「ええと……」
みくは、すずとの会話を
思いかえしました。
「戦争《せんそう》のころかな」
すずは、なんども
「戦争《せんそう》」ということばを
口にしていました。

「そのころなら、ないと思うわよ。
ふつうのお店屋《みせや》さんだって
なかったんじゃないかな。
戦争《せんそう》のときは、とにかく
ものがなかったんだって。
はいきゅうっていうので、
今日《きょう》は、大根《だいこん》一本とかおいもが
いくつとか、決《き》められたものを
もらうだけだったらしいわよ」
「自由《じゆう》に買えないの？」
お母さんは、うなずきました。

「わずかなお米とか野菜《やさい》が
くばられるだけだから、
みんないつもおなかを
へらしていたんだって。
だから、おいもの葉《は》っぱとか、
川の魚とか、食べられるものは
なんでも食べたらしいわよ」
みくは、おさらのすみに
残《のこ》してあったニンジンを、
あわてて口にほうりこみました。
「そういえば、住所《じゅうしょ》は、

おいけのはたっていってた」
「あぁ、おいけのはたね」
そのいい方に、
「知ってるの？」
おどろいてたずねると、
「知ってるよ。十年くらい前に、
となりの七ツ木町《ななつぎちょう》と
いっしょになったから、
いまはもうないけど。
七ツ木池《ななつぎいけ》の東があたりかなあ」
お母さんは、すまして答えました。

それなら、七《なな》ツ《つ》木《ぎ》池《いけ》は、すずの家の近所《きんじょ》ということです。

「あ、だったら」

みくは、気づきました。

「もしかしたら、おばあちゃんのやけどって……」

みくは、すずのやけどの話をお母さんにしました。お母さんは、つらそうに、まゆをひそめました。

「七《なな》ツ《つ》木《ぎ》池《いけ》のくうしゅうのときのものかもしれないわねえ。戦争《せんそう》が終《お》わるほんのすこし前だったらしいわよ。お気のどくにねえ」

どんなに熱《あつ》かっただろう。どんなにいたかっただろう。

みくは、むねが苦《くる》しくなりました。

9

いつかの約束《やくそく》

次《つぎ》の日、「こんどこそ図書館《としょかん》に行こう」とゆきなから電話がかかってきました。

今日《きょう》は、暑《あつ》くならないうちに、午前中に行くことにしました。

時計屋《とけいや》さんの見える交差点《こうさてん》にさしかかったとき、みくはすずのことを思い出しました。ゆきなもおなじだったらしく、

「今日《きょう》はいないね」

と、いいました。

みくは、「おいけのはた」が、七ツ木池《なつぎいけ》の近くだということ、もしか

したらあのやけどは、くうしゅうのときのものかもしれないことを話しました。

「なるほど。そういうことか。けっきょく、子どものころのことを、思い出しただけだったんだね」

ゆきなは残念《ざんねん》そうです。

けれどそういいながらも、みくもゆきなも、まだ信《しん》じられない気持《きも》ちでした。きのういっしょにいたのが、本物《ほんもの》のおばあちゃんだったなんて。

でも、すずの名前は関根《せきね》すずで、それはおばあちゃんとおなじで、しかもおいけのはたは、むかしこの町にあった地名で……。きのういっしょにいたのは、おばあちゃんだったと考《かんが》えるのがしぜんです。

（だけど……）

ふたりは、だまって歩きました。

公民館《こうみんかん》のドアをぬけたときです。

「戦争展《せんそうてん》」と書かれた小さな黒板《こくばん》が目に入りました。場所《ばしょ》は二階《かい》のふれあいギャラリーになっています。

「戦争《せんそう》」ということばに、いまさっきまで話していたすずのことが重《かさ》なりました。

「見にいってみる？」

どちらからともなく、階段《かいだん》を上りました。

きのう、ようちえんの子の絵をはずしていたところに、写真《しゃしん》パネルや手紙、絵、地図などがかざってあります。

写真《しゃしん》は、この町の写真《しゃしん》のようでしたが、いまとはぜんぜんちがいます。

どこなのかは、さっぱりわかりません。
どの家も古くて、
まどには紙がはってあります。
「なんで、紙がはってあるんだろう」
みくがつぶやくと、
「ばくだんが落《お》ちたとき、
まどガラスの飛《と》びちりを
すくなくするためですよ」
後ろから声《こえ》がしました。
おどろいてふりかえると、
おじいちゃんくらいの年の男の人が

立っていました。
むねには、
「公民館長《こうみんかんちょう》」という名ふだが
ついています。
「戦争展《せんそうてん》は、はじめて？」
たずねられて、みくはうなずきました。
「来てくれてありがとう」
館長《かんちょう》さんは、お礼《れい》をいってくれました。
「毎年八月は、ここで戦争展《せんそうてん》を
やっているのだけど、最近《さいきん》は
来てくれる人がへってしまってね。

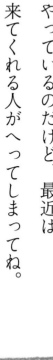

子どもたちにもどんどん来てもらいたいのだけど」

それから、館長《かんちょう》さんは、かざってある写真《しゃしん》や手紙の説明《せつめい》をしてくれました。

手紙は、へいたいさんが家族《かぞく》にあてたものでした。みくやゆきなにはまったく読めませんでしたが、

「がんばっているとか、てきをやっつけたとか、いいことしか書かせてもらえなかったんだよ」

と、館長《かんちょう》さんが教えてくれました。

布《ぬの》に、糸で何個《なんこ》も何個《なんこ》も赤い印《しるし》がつけてあるのは「千人針《せんにんばり》」というのだそうです。まん中に文字《もじ》が書いてあります。

「これ、なんて読むの？」

ゆきながたずねると、館長《かんちょう》さんが教えてくれました。

「ぶうんちょうきゅう、って書いてあるんです」

「ブーンチョーキュー？」

ふたりは、思わず声《こえ》をあげました。館長《かんちょう》さんは、ちょっとふしぎそうな顔をしました。

「へいたいさんの無事《ぶじ》をいのることばですよ」

武運●長久

みくとゆきなは顔を見あわせました。

きのう、すずがいっていたことばには、そんな意味《いみ》があったのです。

絵は、戦争《せんそう》のときの町の様子《ようす》がえがかれたものでした。

「戦争《せんそう》の記録《きろく》を残《のこ》したいと、かいてくださったんですよ」

みくは、ゆっくり絵をながめていきました。ものおきよりももっとおんぼろの小屋《こや》の前で、なにかナベでにている女の人。「欲《ほ》しがりません勝《か》つまでは」と書かれたポスターのはられた町。空一面《そらいちめん》に飛《と》ぶ飛行機《ひこうき》から、ばくだんが落《お》とされている絵もありました。戦争《せんそう》のときは、飛行機《ひこうき》は、おきゃくさんを乗《の》せて飛《と》ぶ楽しいものではなかったんだと気がつきました。

「あ、この人、知ってる。重森《しげもり》のおじいちゃん。となりのおじいちゃんだ」

ゆきなが、絵の下にはってある名ふだに目をとめました。

「みなさん、この町に住《す》んでいらっしゃる方ですよ」

館長《かんちょう》さんは、ニコニコしながらいいました。

ほかに知っている人はいないかと、さがしはじめたゆきなが、

「え、ええっ！」

声《こえ》をあげました。

「みくちゃん、見て！　見て！」

ゆきなの指《ゆび》さす名ふだを見て、みくも息《いき》をのみました。

『後藤《ごとう》すず』

「ねえ、ねえ、この人って」

ふたりがさわいでいると、館長《かんちょう》さんが、

「知ってる人？」

たずねました。

「は、はい。たぶん」

ふたりは、答えました。

「この方は、たくさんの絵をかいてくださってますよ。もうかなりのお年なので、最近《さいきん》はかかれていないようですけどね」

すずの絵は、全部《ぜんぶ》で五まいありました。それらは、子どものころに見た戦争《せんそう》のふうけいでした。

焼《や》けくずれた家の前にすわりこんでいる子どもをかいたものには、『なくなったわがや』。戦争《せんそう》に行くお父さんらしき人を見送《みおく》るお母さんと子どもの絵には『悲しいお見送《みおく》り』。運動場《うんどうじょう》を畑にしている子どもたちの絵には『勉強《べんきょう》より命《いのち》』。それぞれ、題名《だいめい》がつけられています。迫力《はくりょく》があったのは、ばくだんが落《お》とされるなかで、ひっしににげる人たちの絵です。『くうしゅうの夜』という題名がつけられています。

「これはね、一九四五年の、七ツ木池《ななつぎいけ》のくうしゅうのときの絵だそうです。後藤《ごとう》さんは、このときひどいやけどをして死《し》にかけたといっていました」

最後《さいご》の絵の前に立ったとき、みくは自分の目をうたがいました。

「この絵……」

光にあふれた絵でした。右下には、三人の女の子たちの後ろすがたがあります。高いところにいるようで、手すりの前で、遠くのけしきをながめているのです。まん中の子と右はしの子は、「おかっぱ」です。左の子は、ぼうしをかぶっています。

女の子たちの見つめる先には、まぶしい日ざしにてらされた家々の屋根《やね》。公園《こうえん》。池。学校。遠くに海も見えます。空に白くのびるのは、飛行機雲《ひこうきぐも》でしょうか。

「その絵、かわってるでしょ。くうしゅうで死《し》にかけたとき、後藤《ごとう》さんが見た夢《ゆめ》の絵なんだそうです」

館長《かんちょう》さんが説明《せつめい》してくれました。

「みくちゃん、これって……」

ゆきながが、みくの服《ふく》のすそをひっぱりました。

「やっぱり、いれかわってたんだよ」

みくは、つぶやきました。

「子どものころのすずちゃんと、おばあちゃんと……」

すずは、何十年も前から、夢見《ゆめみ》ていたのかもしれません。平和《へいわ》でうつくしい町ができる日を。その日がいつ来るかはわからないけれど。そのために、自分がなにをしなくてはいけないのかを、ずっとずっと考《かんが》えていたのかもしれません。

絵には、こんな題名《だいめい》がつけられていました。

『いつかの約束《やくそく》』

〝あたし、いろんな人のひとりになる〟

すずの声《こえ》が聞こえるような気がしました。

作:**山本悦子**(やまもとえつこ)

愛知県生まれ。元小中学校教員。1996年『ぼくとカジババのめだまやき戦争』(ポプラ社)でデビュー。『がっこうかっぱのイケノオイ』(童心社)が第57回青少年読書感想文全国コンクール低学年の部課題図書に選出。『先生、しゅくだいわすれました』(童心社)がミュンヘン国際児童図書館の選ぶブックリスト「The White Ravens 2016」に選出。『神隠しの教室』(童心社)で第55回野間児童文芸賞を受賞。『マスク越しのおはよう』(講談社)で第63回日本児童文学者協会賞を受賞。その他の作品に『夜間中学へようこそ』『犬がすきなぼくとおじさんとシロ』(岩崎書店)など多数。

絵:**平澤朋子**(ひらさわともこ)

東京都生まれ。児童書を中心にイラストレーターとして幅広く活動。装画や挿絵を手がけた作品に『緑の模様画』(福音館書店)、『わたしのしゅうぜん横町』(ゴブリン書房)、『オンボロやしきの人形たち』(徳間書店)、『いもうとなんかいらない』(岩波書店)、『トムと3時の小人』(ポプラ社)、「トゥートゥルとふしぎな友だち」シリーズ(あかね書房)、『巨人の花よめ』(BL出版)、『しずかな魔女』(岩崎書店)など多数。

いつかの約束 1945

2023年6月30日　第1刷発行
2024年6月15日　第3刷発行

作者	山本悦子
画家	平澤朋子
装丁	鳴田小夜子(KOGUMA OFFICE)
発行者	小松崎敬子
発行所	株式会社岩崎書店 〒112-0005 東京都文京区水道1-9-2 電話 03-3812-9131(営業) 03-3813-5526(編集) 振替 00170-5-96822
印刷所	株式会社光陽メディア
製本所	株式会社若林製本工場

Published by IWASAKI Publishing Co., Ltd. Printed in Japan
ISBN978-4-265-05797-9　NDC913　152P　22cm×15cm

◎岩崎書店ホームページ　https://www.iwasakishoten.co.jp

◎ご意見、ご感想をお寄せください。E-mail info@iwasakishoten.co.jp